그리움으로 쓴 제 2시집

꽃 향기는
리듬을 타고

김 병 님 지음

와우라이프

꽃 향기는 리듬을 타고

발 행	2024년 11월 1일 초판 1쇄 발행
저 자	김 병 님
발행처	와우라이프
발행인	임 창 섭
주 소	경기도 파주시 송화로 13(아동동)
전 화	010-3013-4997
팩 스	031-941-0876
등록번호	제 406-2009-000095호
등록일자	2009년 12월 8일
ISBN	979-11-87847-17-5(03800)
정 가	12,000원

시인의 말

아직 피지 않은 꽃들이 쏟아져 바람을 탑니다
나뭇잎 옷 벗으면 좀 더 향기가 익어질까요
계절을 짊어지고 달아나는 문장들이
골짜기 깊이 빨려 들어갑니다

평범한 일상을 정리하는 일이
시를 창작하는 것이라 생각하고

어떤 현상에 관한 근본을 관찰하면서
표현한 글들을 보고, 적고, 쓰는 게
시를 쓰는 이유입니다

오늘을 채울 감정이
나를 물고
연과 행의 시어들 사이에서 오고가며
나의 옛 추억을 건드리고 있습니다

그
래
서

그리움으로 쓴
제 2시집 '꽃 향기는 리듬을 타고'

부끄럽게, 가마를 탄 새색시가 시집을 갑니다

_구월의 어느 날 시인 김병님

자연과 삶을 노래하는 시의 향연

먼저, 김병님 시인께서 첫 시집 '꽃비는 나를 스쳐 지나가고' 에 이어 두 번째 시집 '꽃 향기는 리듬을 타고'를 출간하게 되신 것을 매우 기쁘게 생각하며 온 마음을 다해 축하의 말씀을 드립니다.

시인께서는 만학도의 열정으로 전주대학교에 입학하여, 4년 동안 저와 함께 같은 캠퍼스에서 시간을 보내셨습니다.
특히 시인의 시적 성장은 정말로 놀라웠으며, 어느덧 그녀는 최고 수준의 시 창작 능력을 갖춘 시인으로 자리매김하였습니다. 그런데도 늘 겸손함을 잃지 않으셨고, 때로는 열여섯 살 소녀 같은 순수한 감성과 수줍은 모습을 보이셨습니다.

이번 시집에 실린 작품을 보면서도, 시인의 작품이 지닌 깊이와 섬세함에 감탄하게 됩니다. 시집 곳곳에 담긴 자연의 이미지와 삶의 철학은 마치 마음을 울리는 고요한 선율처럼 다가옵니다. 특히 '나비'와 '바지랑대' 시에서는 자연과 삶이 교차하는 순간을 통해 우리의 내면에 잠재된 이야기를 끄집어내는 시인의 능력을 확인할 수 있었습니다.

시인께서는 소소한 일상 속에서 느껴지는 감정들과 자연이 주는 위로를 시어로 풀어내어 독자에게 따뜻한 울림을 선사합니다. 또 독자에게 인생의 복잡한 면면을 단순하고도 아름답게 표현하는 능력을 보여주며, 마치 우리가 잊고 지낸 삶의 소중한 가치를 다시금 일깨워줍니다.

또한, '그대는 봄이 되어'라는 시에서는, 봄의 도래가 단순한 계절의 변화를 넘어 시인의 따뜻한 시선으로 바라본 삶의 희망과 회복의 상징으로 다가옵니다. 이 시집을 통해 독자 여러분은 시인의 섬세한 표현력과 깊은 통찰을 경험하게 될 것입니다.

그녀의 시집은 단순한 읽는 즐거움을 넘어, 우리 모두가 잠시 멈춰 서서 삶을 되돌아보고 위로받을 수 있는 귀한 선물입니다. 이 시집이 많은 독자께 따뜻한 위안과 희망을 전해줄 것으로 기대합니다.

마지막으로 '꽃 향기는 리듬을 타고'라는 제목처럼 김병님 시인께서도 온 세상에 꽃 향기를 뿌리며 늘 건강하시고 행복한 일상을 보내시길 기원합니다.

_전주대학교 경영대학장 이경재(시인, 아동문학가)

PART 01 봄 _SPRING

PART 02 여름 _SUMMER

PART 03 가을_AUTUMN

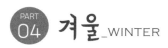

PART 04 겨울 _WINTER

PART

01

봄

SPRING

나비

잠 취한 무거운 몸

춤추던 날개 접고
달콤한 꽃술을 채웠던
고단함 뉘이며

이슬 젖은 풀잎에
꽃 댕기 풀었구나

하룻밤 품어주는
임처럼

자연이 만들어준 침실에서

너만의 쉼 법으로
물보라 일으키며
물들다 가거라

배롱나무

여름의 끄트머리에 주저앉은
오십 년의 대목에
빗방울이 맺어 그렁그렁
물기가 한 아름이다

뜨거운 햇살이 지나가는 길목
다홍색으로 물든 배롱나무 꽃잎에
줄지어 핀 붉은 꽃잎,
잔잔한 웃음처럼 떼지어 한창이다

그 곁을 핥고 지나간 빗물 앞에
배롱나무는 흥건히 적셔진 채
볕에 익은 속살을 홍등처럼 내걸어 놓고
여러 번 피고 지고
백 일 동안 누군가를 기원하고 있다

고흥의 쑥섬 _1

육지를 건넌 바람이
섬 안에 기웃거리면
가는 봄 오는 봄이
유채꽃 곱게 물들이고 갑니다

때론 짠 바람이 쑥섬을 스칠 땐
저마다 섬과 섬으로 연결한 비릿함이
한 척의 배로
빠져나간 외지 소식들을 안으로 불러드립니다

다 저문 하루의 끝에 서서 볼 때
비켜가는 노을빛 사이로
석양빛이
붉게 물들어 섬 전체를 물들입니다
순하게 겹쳐진 꽃 향기와 함께 맞물립니다

고흥의 쑥섬 _2

섬 곳곳에는 '시'가 전시되어
낭만과 정서를 더해주며
바다의 짠 내음도 함께 품습니다

돌투성인 언덕길 쑥밭 추억

쑥을 캤던 여인들의
차갑게 숨겨논 사연으로
바다가 주름을 피듯, 춤을 추는 곳
그 기억들이 잠시 머뭇되는 삶

그곳은
그리움도 파편으로 산산이 부서지는
아름다운 쑥섬입니다

그곳은 _1

산모퉁이 돌아서면
아담히 보이는 아주 작은 마을
진달래가 분홍빛을 내며 봄 까치 울던 그곳

흙먼지 일으키는 황토 길가엔
갓 자란 냉이꽃이 풀벌레와 함께
이슬을 담고 있고
하얀 찔레꽃은 따스해진 봄볕에 톡톡 터지고 있었다

굽어진 언덕길 내려가면
산줄기 따라 휘휘 돌아 흐르는 개울엔
덜 핀 강아지풀이 송사리 떼와 같이
초록의 봄을 안고
살랑이는 바람과 함께 들녘에서 놀고 있는 한가로운
산골 마을이다

그곳은 _2

마을 길 집 옆엔
보랏빛 붓꽃이 산바람이 향을 담고
눅눅해진 정(情)을 담아
나의 도심 속 거칠어진 코끝에서 머문다

정겹고 흔했던 싸리문 울타리엔
노란 금빛 수선화가 푸르른 태양을 바라보며
수줍은 듯 아름답게 반짝이고 있었다

한참을 휘어진 산골 길을 걷노라면 마을에
흙담 위로 분홍 매화꽃이 고개를 내밀고
몇 송이 꽃을 피운 백목련도 살랑거리는
아름다운 곳

별빛을 고스란히 품었던 길가에 우물은
긴 두레박을 늘어뜨린 채 세월을 망각하고 있었다

그곳은 _3

닭똥 내 풍기는 익숙한 마을 그곳엔
순박한 여인네의
손톱에 물을 들이던 봉숭아 추억이
몇 번의 계절을 뒤흔든 채 바뀌어있고
산 뻐꾸기도 몇 번째의 둥지를 틀며
그곳에 머물며 있다

땅속 깊이 굴을 파고 솔가지 위에 풀잎을 덮은 채
산짐승들을 유인하여 토끼 사냥을 했던
텁텁한 시골 아이들의 촌스러움도
그곳에 고스란히 남겨져
진한 기억으로만 허공에 맴도는 것들...

그곳에는
묵은 추억이 마당 가득히 쌓여 있다

그대는 봄이 되어

겨울의 비밀 문에서
고개 내민 향기 하나
추위의 허물을 벗은 나비가 되어

따뜻한 가슴으로
꽃등을 달고
겨울 먼지 털어낸 발걸음
연둣빛 치장하며
아름다움으로 살가웁게 걸어온다

내 그대인 봄
화르르 피는 봄

어서 오세요
내 손을 잡아요!

꽃의 자존감

이쁜 꽃들아!

꽃은 마지막 한 잎까지
꼿꼿해야 한다고

까칠한 미소로
우아하게

벌들이
치열하게 줄 서서 경쟁하는
사랑을 해야 하고
그 대접을 받아야 한다고

나처럼...

경기전에서

조선을 건국한 1대왕
태조 이성계의 본향인 이곳 전주

후백제의 수도인 조선왕조는
이를 기념해 1410년
본양 태조어진을 전주에 봉안하였다

하여, 전주(경기전)에서
전라감영까지
봉안의례 행사를 갖었으며

오늘은
연명의례 '전라감사' 잔치를 베풀다

행사를 갖어
한옥마을 찾는 사람들의 가슴을 후끈
달구어논 그곳의 현장은
봉안의식에 모든 사람은 엄숙했다

두물머리에서...

어스름 초저녁
잎이 트는 나무 아래서

가슴에 열쇠 채운 비밀 하나
담아놓고 서 있는 사람

짙은 공허함으로
발걸음 머무는
외로운 길손

비쳐지는 전주천 두물머리
물빛 나무그림자에서
남몰래 눈물 훔치는 걸까!

매화

투욱,
피어난 붉은 꽃으로
간지럽히듯
내 속마음으로 젖어 든 채

웃음 한 번
향기 한 번

교태를 부리며 빼꼼히 내다보는
몸짓
한 그루 매화나무 가지에
꽃이 한가득, 향기 한가득

한 잔의 와인 술이 도착한 것처럼
그 향내가 달착지근하구나

모란

그리움이 젖어
꽃차 한잔 마실 때면
꼭 나타나는 당신
낮과 밤을 가리지 않고
오월의 장독대 옆에서 붉게 피어나는 세월의 꽃

가슴으로 기억하는
내 어머니를 동반하고 나타나는 꽃
함박웃음으로 피어나면서
정겨운 가족들의 발걸음과 함께 오는 꽃

그때의 어머니는
아랫목에 묵혀두었던 잘 익은 청국장을 데리고
나의 추억을 건드리며
구수한 맛을 들춰내면서 오고 있습니다

민들레

노랑에서
하얀 아우성으로
생존의 무게를 짊어진 뜨거운 눈물

빛바랜 몸 날리는
넌
오롯이

허기진 빈 꽃

봄

꿈틀대며
숙성되지 않은 시간 사이로

따스함에 젖어 드는
거침없는 꽃향기

그냥
피우고만 있어도 좋다
가만히만 있어도 좋다

멈추어라! ———봄

봄 세일 중

저, 들판에
한 살림 차렸던 봄이 옷을 벗는다

피고 지고 피고 졌던
방향 잃은 봄꽃
지친 몸빛에 꽃대 하나,

그 지점에서 굴곡진 몸으로
하나둘 희망을 잃고
흘리는 눈물

여름으로 가는 봄이 쇠약해져간다

봄 향

얼은 몸
녹이는 바람에 몸살 앓는 빈 가지

화르르 피어나는
매화 꽃송이들
곁가지마다 놀라
화들짝 잠을 깨며
연한 분홍빛 감싸안고

한 잎 두 잎
고혹적 자태로 꽃피는 새봄은

화향백리로 스~르륵
문을 여는구나

봄비가 왔다

흔들리는 마음으로
끌리듯 나갔다

단비가 만들어낸 꽃 그 자리
바람에,
빗방울에
꽃이 바닥이다

화들짝 피었던 봄 앞에서
비를 기다리지나 말걸

봄
아리게 오는 너를
어찌할 거나!

봄비

봄꽃 위에
바람 섞인
비가 사뿐히 내리면

그리움 젖은 내 가슴엔
긴장의 시간들이
삶의 빈칸을 채운다

먼지를 뒤집어 쓴
나뭇가지에
꽃비가 내리면

추억 속에 묻어있는
화려하지 않은
과거의 시간이 출몰한다

한 해, 두 해, 겹쳐진
시간들이 비에 적시며 희비가 교차할 시간

곧 채워 질
어떤
약속 같은 것을 가지고
봄비는 당당하게
내 마음에 찾아든다

봄을 불러내어

들꽃 발그레 꽃등 키는 날

꽃샘추위를 겪은 여인의 마음에
함초롬 그리움으로 물드는 날

시간의 파편처럼
가벼워지지 않는 것으로 젖어
깊숙이 파고들어 내 마음을 건드린다

그 시간이 절정
마음이 하얗게 부서져

그냥, 울컥합니다

사월의 벚꽃

바람에 휘날리네
하얀 몸 사뿐히

까맣게 묵은 줄기에
찬란한 빛깔의
농익은 봄을 쏟아부으며

흠뻑 취해버린
상춘객들에게

바람의 꽃잎으로
악수를 청하네

상사화

햇살을 움켜쥐고 붉은빛 쏟아
우듬지에다 봉긋봉긋
꽃대를 세워놓고
서로를 바라보는 운명 속에
비애를 느끼는
슬픈 꽃들이여

꽃피는
절정이 짧은 시간
어찌 그 오작교를 건너지 못하고

꽃 벙그는 한 쪽과
잎 피는 한 쪽들은
그렇게 별거를 하는가

같은 꽃대에서
다르게 나온 상사화여

꽃은 사랑받는 몸으로
잎은 씨방 없는 빈털터리로
하늘만 보고 서 있구나

어찌할거나
생전에 임은
만나봐야 할 텐데...

산중에 싸리나무꽃

저 아름다운 산길에
열아홉 처녀 같은 분홍빛 꽃
수천 개의 꽃잎으로 환하게 꽃잎 열며
피어나는 꽃

길 한쪽 모퉁이
뒷동산에 올라 첫사랑인 그님을
살며시 훔쳐보던

먼빛에서 부끄러워 말 못 하고 바라보았던 나의 사랑
하고픈 말도
전하고 싶은 말도 못 한 채
고갯마루에서 애탔던 가슴

산마루 앞 감자꽃에는 벌과 나비가 드나드는데
내 가슴엔 바람 한 점 불지않았다

사랑은 가슴으로 쓰세요!
노랫말만 들려오는 것처럼...

숨어버린 사랑

이 계절에 꽃봉오리는
여름날 바람에 마냥 부풀었다가
꽃잎 지면 이내 돌아서 버린
너의 운명

한 때는 붉은 꽃으로
한 때는 연약한 잎으로

상사화야!

차마 아껴왔던 말,
너의 숙명인 것을 어쩌랴
어디 그 애절함이 너뿐이겠느냐

내 첫사랑도 너를 그대로 닮았으니...

양귀비

여인의 입술 같은 꽃봉오리
지나는 남정네를 웃음으로 붙잡고

사달 나기 딱 좋은 남자의 본능을
눈치챈 것인가
바람나기 좋을 만한 꽃잎 앞에서
어떤 사내라도 품을 수 있는 아름다움에

첫 번째는 그대로 조강지처
두 번째 자리로 머리를 올리며 2라는 숫자로

앉히려 하는 인간 본능의 수컷들

연두색 봄

봄,
향기로 짧게 흔들리며
여름과 함께 섞이는 거야!

옥정호가 보이는 작약 꽃밭에서

꽃 수술 속에
노란 별, 백 하나쯤 감춰놓고
강줄기와 산 능선에
눈부시게 핀 저 붉은 꽃 무리

뒤척이는 바람 안고
새색시처럼
다소곳이 있는 작약꽃

향이 짙으다

붉은 꽃잎이 겹쳐
여인의 입술처럼 아름다워라

누군가 그랬지
꽃은 – 피는 게 아니고
그리움이 터진 거라고...

임실 작약 꽃밭에서

햇볕 한 줄기
바람 한 줌
이슬 한 모금에

꽃 봉오리가

숨겨논 속내를
열어젖힌다

전남 신안 여행

수천 년 동안 바람과 파도에 씻겨 온
1004섬 자연이 주는
청정 그 자체 아름다움을
자랑하는 곳 답다!

일곱빛깔의 무지개의
마지막 색처럼
보라 보라의 섬 퍼플섬

그곳에 1박 2일 발걸음을 하는동안
내 옷과 머풀러에도 보랏빛이 온통
물들어 있었다

제주, 오월

구멍 난 돌 틈 사이로
하얀 메밀꽃이
안개꽃처럼 피어있고

소담스럽게
피어 있는 수국이
이쁘다는 나의 소리에
분홍스럽게
웃어준다

바람에 휩쓸려 파도치는
마라도 · 우도 여행

이래저래

제주의 오월은
파도와 꽃들처럼 몸부림의 반항을 접고
아름다움을 내어준
손에 잡힐 듯 잡히지 않는,
순하고 그윽한 바람 같은 곳이다

창작의 기쁨

당신은
마음에 든 작품의 문장을 읽어 보셨을까요!
한 문장의 좋은 언어에
감성이 젖어 본 적이 있었을까요!

나는
몇 편의 글을 읽으면서
몇 편의 서평 글을 읽으면서 마음이 흔들려
이글을 써봐요

잠깐 유명한 평론자의 이야기를 빌려 볼게요

정경수 서평자는
"시인은 늘 언어를 붙들고 있지만
강호의 뛰어난 검객이 칼집에서 칼을 함부로
꺼내지 않듯이 언어를 섣불리 부리지 않는다

시인이 보여주는 것은
우리 시의 잃어버린 시간이다
그러나 그 시간은 흘러가 버린 과거가 아니라
다시 와야 할 과거, 곧 우리 시의 미래다"

이 글을 읽고
평범한 일상을 정리하는 게
시를 창작하는 것이라 읽었습니다

당연한 것에서 당연하지 않은 것을
보는 지혜가 시를 쓰는 많은 사람들의 이유가
아닌가 싶기도 합니다

청보리 흔들릴 때

바람에 일렁이는
청보리밭을 보면
헤아릴 수 없는 뭉클함으로 가슴에
회오리가 불어옵니다

코흘리개 친구들과 함께
냇가에서 목욕을 마치고
짚불을 피워
서리해 온 청보리를
구워 먹던 일

자갈밭 길가에 무리져 핀
찔레꽃 순을 따먹으며
한없이 웃었던 일
어두운 밤길
걸어올 때 들꽃이 고왔던
그 시절도 생각납니다

어스름 늦게까지
밭을 매며 가난을 짊어지고 온 어머니
풋돌에 갈은 보리죽도...

청보리가 익어갈
이맘 때 쯤이면

모든, 내 기억들은
어릴 적 그 장소에
그대로 놓여 있습니다

채송화 꽃

여름내 뜨거운 햇볕에 밤낮없이 피운 꽃

송이송이 피어나는
이쁜 꽃무늬 얼굴로
벌 나비 영접하더니

소낙비 한줄기에
꽃 흔적
온데간데없이 얼굴을 숨기네

PART
02

여름

SUMMER

가버린 시간

꽃이 핀 줄도 모르고
매화향에 벌이 날아든지도 모르고

그렇게 짧은 봄을 놓쳐버렸다

육 칠월의 뜨거움이
내 머리를 덮을쯤에

그 아름답다는,
그 향기 짙다는

봄을 지나친 것에
울먹

아! ~ 첫사랑 같은 달콤한 봄을 놓쳤네

가슴은 뜨겁게

흰 눈이 흩뿌려 논 겨울의 길목에서
고고이 가슴 세운 여인들 품격이라
존재감 햇살 엮어서 아름다움 풍기네

가슴이 설레던 날

첫물 딴 복숭아 맛처럼
작가님들과 함께
달달함이 스며든 날입니다

한국예술복지재단 2024년 창작지원금에
선정되었다는 문자 연락을 받았을 때
가슴이 쿵쾅거리기 시작
내 앞에 좋은 분들이 머리를 스칩니다

꾹꾹 손끝으로 문자를 날리며 느끼는 작은 행복

평생을 갚아도 못 갚을 명품 지인들과
즐거운 마음으로
감정의 속도를 올리며 파티를 하였습니다

개망초꽃

한여름 태양의 숨 들이마시며
뜨거운 설움 토해내는 망초꽃

한낮 찜통 더위는
그 망초꽃에 앉아
하얗게 핀 꽃 입술을 더듬거린다

하찮은 꽃으로 세상에 태어나서
허리 굽히지 않고
고개 들어 정면으로 태양과 맞서는
여리여리한 꽃

고풍스럽지는 않지만
백발의 꽃으로 순수하게 피어있는 꽃

햇빛은 여름을 즐기고

꽃은, 들녘에서 들추는 바람과 함께
따사로움으로 사람들의 시선에 파묻혀있다

거리

셀 수 없고 보듬을 수 없는 것
수없이 펼쳐진 공허 같은 것

그리움

낮볕에 졸고 있는 여름

서성이었던
가을이 한 걸음씩 깊어집니다

꾹꾹 눌러놓았던 더위가
내렸던 비와 함께
찬바람을 얹어놓으며

여름을 덮고
나를 덮습니다

내 그림자를 바다에 가둬두고

바람에 젖어
출렁대는 바다가
블루색이 되어
내 가슴에서
거센 파도를 친다

그 곁에는
꽃게장과 간장게장이
입맛을 돋우고

바다 위에 떠 있는
고급스런 잠자리의 호텔 뷰를 보면
염전의 포구처럼 짭짤한 맛이 아니라
거둘 것 많은 시골의 곡간처럼

나의 여행을 감칠맛 나게 만드는 것 같다

녹음

초여름
반나절 넘은
햇볕을 뒤로하며
숲속 도서관을
걸어가는 길
여름 바람 날리니
산속 녹음이
푸르름으로 화답하네

산속 뻐꾸기는
울음으로 하루를 여물고

숲속 도서관 내
시집들은 문장과 언어로
향기를 내뿜네

님 향해 품는 꽃

긴 줄기에
송이송이 셀 수 없는
주황 꽃잎 걸치고

월담하는 능소화야!

허공에서 위태위태
땅 아래로 몸 던져
웃고 있다가

뜨거운 한낮
비명소리 담아
그만 땅에
뚝 – 뚝 애처롭다

님그리워 기웃기웃
거리며
돌 담장 너머로 핀
네 향기가

오늘따라
맵구나, 매워

달맞이 꽃

걷는 이의 눈길에도 아랑곳 않고
야화처럼 피는구나

어둠을 삼키어
노란 등으로 새벽길 밝히는 꽃

한낮
너의 몸,

눈에 띄게 여위더니

햇볕으로 망가져 버린 노란 꽃
얼굴 보기 힘든 너의 정오의 삶

들꽃은 나를 흔들고

따스한 하늘 볕에
구절초와 코스모스가
가을을 덧칠한
나의 마음에 스며듭니다

바람이 움직이는 계절

헛된 욕심을 덜어낸
덩그런 빈자리에

기억을 흔들어대는

진한
가을 들꽃이
바람에
일고 있습니다

많이 더워요

가을을 움켜쥐고
싶은 오늘
여름 옷자락을 들추는
바람을 만져보면서
성숙되어 찾아올
가을 그 가을을 기대해보며...

석류 익어가는
바람의 온도 차이를
나, 그때는
알기나 했겠는가!

메밀꽃

달밤에 하얗게 핀
메밀꽃을 바라보면
어릴 적 보았던 그 순백

물밀듯이
내려앉은 산안개 속에
하얀 소금밭이 된 메밀꽃

그 긴 이랑 위에 앉은
환한 달빛은 선녀가 내려앉은 것처럼
눈이 부시다

산 위에서 꺾여 굽어진 달빛은
밤새도록 메밀꽃밭에서
숨어버린 꽃등이 되어
밭이랑에 누운 채 머물러 있다

어릴 적 읽었던
이효석 소설의 '메밀꽃 필 무렵'의
허생원의 모습이
그대로 마음에 간직되고 있는 지금

내가 본
한여름의 메밀꽃밭은
상상을 초월한 그때의 추억 같은 것을 지니고 있었다

모항 해나루의 새벽

닿으면 데일 듯
뜨겁게 폭발하는 동녘

너는 수천 년을 돌고 돌아도
모자람 없는 목숨

바지랑대 _1

가을볕을 모은 햇살들이
바지랑대에 앉아 있다

그 위에 얹혀진 무수한 사연들

밭에서 따온 가지를
네 갈래로 쪽쪽 쪼개어 걸어두었던
앞마당 대나무 바지랑대

어느 날은
장날에 아버지가 사 오신
서대 대여섯 마리가
볕에서
몸집을 말리고

어느 땐
어머니가 밭에서 따온
연한 호박들이
똑똑 썰리어 실로 길게 꿰어져 줄에
매달아 말려지고 있었으며

바지랑대 _2

식구들의 쉽지 않은 삶
그 가난이
낡은 옷가지로 바람에 펄럭이고 있다

때론
망상으로 포장된
고급진 나의 꿈들이 바지랑대 밧줄에 매달려
그네를 타기도 하며

무한한 상상력으로
터무니없는 허영심도
줄에서 나부끼기도 하면서

앞마당의 밧줄 하나에는
여러 개의 사연들이
가난과 허영을 그렇게 말리고 있었다

경복궁

조선의 법궁인 근정전에 들어서니
신하가 임금께 새해 인사 올렸으며
사신들 국가 의식을 거행했던 생각나네

※ 서울특별시 종로구 세종로 있는 조선 전기에 창건되어 정궁으로 이용된 궁궐

보름달

둥근 원안으로
금빛 한 아름 채우더니

몸이 천근만근
가쁜 숨 몰아쉬며
하루가 다르게

조금씩 조금씩 몸을
덜어내며 야위어 가는구나

부활

여름 빗방울이
가로수로,
오솔길로,
바람에 날릴 때

풍경은 다른 시각으로 부활하며
소멸을 막으려 그림을 그려낸다

거리는 뒤섞여진 색채로
수평이 수직으로 표출되어
그 자리에는
높이와 깊이가 없는 고독으로 머문다

비오는 날

누구의 가슴을 애틋하게 울리려 온 것일까
사람과 건물 사이를
비집고 들어오는 빗방울
우산 속의 그녀
어쩌자고 붙들고 있는 그리움의 상처를
하염없이 오는 비는,
그 마음을 건드리는 걸까

환상의 착각 같은 골목길 풍경들은
어쩌자고 구멍 난 상처의 그녀에게 채찍을 가하고 있는 걸까

눈물이 흥건하게 그녀의 가슴속으로 들어오며
홀로 지키는 자신의 위치에서

풍경은 각기 다른 시각으로
기울어진 수채화를 그려내며
마음을 도려낸다

비온 뒤

무지개를 보려면
비를 먼저 견뎌야 합니다

거칠고 강한 천둥소리도 들어야 하고
천5백만 와트의 번개도 견뎌야 합니다

견디면,
견디고 나면

젖은 햇빛을 통과한 일곱 빛깔의 무지개는
반드시 뜹니다

빗방울

밤새 떠돌던 빗소리가 그대의 눈빛으로
창가에서 두들기는 걸까요
비와 동반해 다정한 말 속삭이다가
아침 햇살이 뜰 때 창가에 서 있는 그대 모습이
지워져 없어졌어요
밤새 뜬눈으로 밤을 보내는 나에게
빗소리와 함께
사랑 빛으로 찾아오신 어머니, 당신으로 인해
수척한 내 마음을 감추기 위해
얇은 우비를 오늘 입었어요

빨래

복받치는 설움과 외로움이 담겨진 옷가지 위에
바람이 흔들흔들 상처 난 인내를 널어 말린다

햇볕이 기웃거리며 빨랫줄에 널어진 옷에
숨겨진
가난과 괴로움을 함께 말리고 있다

나란히 줄 세워 널어놓은 빨래에는
살갗에 묻어둔 설움을 벗겨 내는 일도
불필요한 허물 같은 것도
풀어 햇볕에 해체되고 있다

햇볕의 틈 사이에서 빨래는

고된 일상의 물집을 터트려
바람에 말리고
햇볕에 말리어
내일의 삶을 위해 상처를 태우는 일을 하고 있다

석양

초여름 저녁 무렵
좁다란 시골길
허공 속에 바람을 탄 노을

한 잔 먹어 취한 것처럼
구불구불 휘어진 길에
천 미터 운동장에서 달리기 시작

뜨거운 볕에
등 꺾인 풀을 베개 삼고

달리다 지친 몸
빨간 이불 덮고
길게 누워 졸고 있네

소환

가을 오솔길을
손잡고 걷는 연인

그걸 바라보니
옛 추억이 펼쳐진다

꽃가루 묻은 내 젊은 날
꽃향기에 흠뻑 취한
내 달콤했던 날

물든 단풍잎 떨어지듯
그 첫사랑의 이별 같은 것만 없었던들...

짜릿함으로 물든
청춘의 그때
수선화꽃같이 아름다웠어라

아카시아꽃 필 때면

뒷동산 소나무에서 한바탕 뛰놀던
어릴 적 그때
아이들의 웃음소리 뒤덮인
우렁찬 소나무골 오막살이 그곳

콧물 흘리고 훌쩍거리며
옷소매를 닦던 조막손들

소박한 웃음으로 한바탕 놀고 나면
야산의 소나무들이 함께 따라 웃고
흙 묻힌 신발로 구석구석을 누비며
어린 시절을 녹인 골목길은 시끌짝, 들썩들썩

야채 팔러 간
엄마가 과자를 '사 오신다, 안 오신다'
점괘를 치며 아카시아 꽃잎을 떼어 낼 때의
그 기분, 그 쾌감

가위 바위 보, 손 떨리며 잎 떨군 날
이정재 명장면 영화 '오징어게임'보다 더 스릴 있었던
순수함이 그대로 묻어있는 산골
아카시아꽃으로 허기진 배를 채우고
느꼈던 행복

입안 가득 가난을 느꼈던 그때가 참 달다

약발, 끗발

약발 받을 때 잘 해봐
끗발 있을 때 꽉 잡아 봐

기고만장한 위태위태한 말들이 모순이라는 걸

그 시간이 지나고서야
나는 알았다

여름 _1

뜨거웠던 계절이
한 겹 덧씌워져
마구 뛰어오르던 빛의 속도가
게으르기 시작했다

으르렁거리는 햇빛도
강렬함에서 조금 벗어났다

서늘한 그늘을 찾은
국화 향기가
리듬을 타기 시작하였으니

이제
가을이 코앞이다

여름 _2

이 계절이 오면 읽었던

작가(다자이오사무)
'오늘, 밤에 만난 가을'이 생각난다

일찍이 가을을 두고
"여름이 타고 남은 것"
"여름은 샹들리에, 가을은 등롱
그리고 코스모스 무참"이라고 했다

지금, 가을
불어오는 바람이 앞에서 어른거린다

약간의 한기에
어찌,
벌 나비 몸짓이
심상치 않다

여름 _3

강렬하게 내려쬐이는 팔월의 아침 볕이
들녘길 걷는 나에게
뜨겁게 마중 나온 어느 날

서둘러 피운
이름 모를
풀꽃 하나 파란 잎을 지우며 생명을 다한다

그 꽃은 어찌 쉽게 탄생을 하여
속내를 감추지 못하고
향기 없는 꽃을 펼쳐놓으며
들녘 바람이 머무는 곳에서
소멸을 하는걸까!

그 꽃 옆에
덩달아 핀 달맞이꽃도
생을 다하며
한 잎, 노랑 꽃잎을 지운다

여름 빛깔

팔월 초순

뜨거운 태양에 타버린
내 온몸에
짭조름한 소금기가

하루를 힘들게 보낸 나에게,
열심히 하루를 버틴 나에게

실실 웃으며
딱 붙어서
자꾸만 귀찮게 따라 붙어요

여름온도 37°

아주 강한 불볕더위
불 속 아궁이와 같은 날
청양고추처럼
아주 매콤한 오늘

뜨겁다
겁나게……

우울할 때

우리도
가끔씩
우울하고 습한
기분들을
탁탁 털어내고
바짝 말려 보아요

빨래 말리듯

유월의 숲

꽃벼락 치던 봄은
사라지고
수레국화꽃이 바람에
내 이마를 스쳐 가네

벌
써

거부할 수 없는 초여름이

내 곁에 바짝 붙어
꼼지락거리면서

자유로이 숨 쉬고 있네!

이 계절에

가을빛 짙어지는 무렵
종일 내리는 비는
단풍잎만 떨어뜨리고 말 것이지

바스락거리는
내 마음을 건드려
내 안에서 뭉클하게 살고있는

그리움을 건드려 활활 불을 지필까

채수근 해병 순직에

장마로 젖은
내 가슴에
또다시
하얀 꽃물로 흥건하다

초록을 걸친 유월

햇살 가득한
여름이 도착할 무렵

OldBrick Museum 커피숍에서
아이스 커피로 목을 축이며
초록을 걸쳤던 하루

녹아든 포근함으로
꽃을 피울 수 있는 맛깔난
시간을 주신
울 artist 작가님들

함께해서 즐거웠습니다

초승달

속눈썹 치켜뜨는 수줍은 달빛
말간 얼굴로 석양에 얹어져
허공의 바람 위에 발을 딛고 서 있구나

초나흘 빛으로
요염한 여인의 속눈썹처럼
선을 그어놓고

내일, 모레, 그 굴레로
변화되는 생의 짧은 날

보름달로 향하는 순간의 흔적을
하루 끝에서 다 저물게 지키며
윙크하는 눈빛, 초순의 달빛으로 속살 뿜는다

초원의 나라 몽골

별빛이 쏟아지는
테를지 국립공원의 밤

숙소인 넓은 초원에 세워진 '게르'
초원에 스치는 바람이
고요 속에 적막을 깨고
말 울음소리로 대신한 아침

제 2코스에는
화려한 도시, 푸른 초원, 거대한 호수, 황금빛 사막, 등

이 모두가
칸의 나라처럼 모두가 웅장했다

새벽잠에서 깬 나는
여행길에 잘 먹고 잘 걸어야 할
내일 아침 몽골 식사가 궁금했다
몽골 식사는 한국인의 취향과는 조금 비껴져 있어
힘이 난다는 양고기가 주 식사이었다

그런데 난 그것을 끝내 먹지 못했다

초원이 아름다운 나라 몽골

1990년 한국과
몽골 수교 이후 요즈음
급격히 관광객이 증가

그곳에
울란바토르
테를지 국립공원,
유목민 체험,
형형색색에 야생화 초원길
징기스칸의 기마상을
배경으로 사진도 찍고...

드넓은 초원에서 산책과
쏟아지는
밤하늘의 별 감상까지

어제의 추억이 내일 앞에서
반짝반짝 빛을 내며 기다리고 있었다

칠월의 하루

봉긋한 가슴으로
꽃 심지 들어 올린
너에게
바람에 걸쳐
조숙한 가을의
내 하루를 붙잡힌다

너 – 연꽃

통영의 1박 2일

봄,
가지 끝 나무에
꽃물이 그렁그렁

미처 못 닿은
꽃길로 한 발짝 풍당

어느 시인님 말처럼
"떨어진 동백꽃도 밟지 마세요"
우리는 꿋꿋이 그 약속을 지켰다

학산도서관 가는 길

초록이 숨어든 초여름
도서관 가는 길
골짜기로 들어서니
뻐꾹 · 소리가 숲을 떠들썩 울리며
어서 오라 손짓하네

모퉁이를 돌아 도서관에 들어서니
누구의 가슴을 적날하게 적실 시집들이 펼쳐져
함축된 언어로,
은유적 언어로,
문장들을 풀어 놓아
저마다 향기를 내뿜네

이곳 분위기 느낌으로
내 밤잠을 괴롭힐 것 같네
오늘은
산속 초록에 휘청
시집 속 언어에 휘청

힘센 주먹에 한 대 얻어맞은 듯
몽롱하네

홍시 _1

흩어진 햇살 모아
만삭을 이루고
길 잃은 바람 품어
붉은 과즙을 채우니
터질 듯 터질 듯

빨간 몸으로
가을 색을 뒤덮는다

홍시 _2

언제 꺾여질지 몰라

돌아서면 무너질 수 있는 고목에
달랑 매달려
고된 숨을 쉬며 말랑하게 불타는 너

가을

AUTUMN

가을

여름 볕이 바람길에
한바탕 앓고 지나간 자리에

기울어진 시간은 국화 향 내뿜으며
불꽃 같은 더위를 거둬들인다

찬바람 기운에
오색 빛 욕망 가득 채울
색색의 나무들이

가을 소리에 묻혀
다채로운 물을 들인다

깊은 산속에도
가을로 익어가는
머루랑 으름 송이도 함께 익힌다

가을 한발짝입니다

오늘 한나절 볕을 초가을로
맞이했습니다

붉은 질감으로
가슴을 색칠하며
가을 속으로 뛰어드는 날

익어가는
다래의 맛처럼

달착지근한 그 시간을
바람으로 채우며 앉아 있습니다

가을 색

누가
가을은 여름이 타고 남은 것이라 했는가

이글거리는 태양에
짓눌린 이 계절

분명

가을 색은
튤립 같은 꽃봉오리를 데리고 올 테니까

가을아

맨발 벗고 오려무나
부드러운 바람과 함께
가마솥 열기의
장작불을 끄고서...

더위를 피해 찾아간 찻집
삼천동 월전리에 있는
Porang(포랑 보이차) 집

보이차, 엔틱,
그리고
퀼트가 있는 곳

15年 백호은침 특급차
(깔끔하고 우아한 맛을 내는 진귀한 백차)
고급진 만큼 값도 높지만
여유의 쉼으로 즐거움을 가져본다

갈대

태양이 불을 붙이자 장작불 피어나듯
하얀 꽃을
활활 눈부시게 피우고 있어요

이쪽저쪽
매년 서 있는 각자의 자리에서
눈꽃 피우듯
폭발하고 있어요

사진 찍는
그 누군가는 절정이다, 절정
함성이 터집니다

나도 외로움, 그리움을
폭죽처럼 강하게

지금 폭파시킵니다

구절초

아홉 개 자란 줄기 끝에
청순한 몸 펼쳐놓고
밤 달빛을 품어 안은 채
소나무 아래에 숨어들었다

바람 품에 안기더니
가는 팔 넓게 펴서
말없이 말없이 하얀 편지를 쓰네

어느 소녀에게 보내기도 하고
어느 시인에게 보내기도 하고

천연의 향 꽃내음
산기슭 곳곳에 뿌려 놓으면서

군산을 찾아

경암동 철길마을
과거에 교통 수단이었던
기찻길

칙칙포포 – 칙칙포포
기차소리 요란해도
우리아기 잘도 잔다

동요의 그곳은 간데없고
기찻길 옆 오두막 집도 모두 없어지고

옛적 향수를 자극하는
추억의 교복을 입고 동심을 물들이는 관광객들

나도 여름휴가 나온 손주들을 데리고
이성당 빵집으로 맛있는 횟집으로 돌아다니면서
무거운 지갑을 텅텅비우며
뜨거운 휴가를 보냈다

기다림

몰래 숨어 피운 꽃잎들이
비에 잎을 모두 적셨다

봉숭아 꽃잎이, 접시꽃 잎이
둘, 넷, 여섯 여덟
적막 겨워 떨어질 때

소리없는 바람으로 지나는 기다림

붉게 타버린 손톱물 사이로
아무도 없는 뜰에
그 누가 올 것 같은 밤

익숙한 그 발소리 찾아 오는 듯
기억하는
귀를 쫑긋 세운다

내 가을 참말로 괜찮네!

기억에 묻혀질 삶의 한토막을
이 가을에 곱게 색칠을 해놓아야겠습니다

사람은 언제나 상대적이라는 관계의
법칙을
넉넉하게 품지도 못했는데…

모든 분 덕택에 성황리 끝낸
고급스러운
출판기념회 및 시화전이 한 달을 채우고
재깍거리는 시간 뒤로
넘겨집니다

과거시제와 아직 생이 완성되고 있는
현재시제
그 둘을 버무려놓은

'꽃비는 나를 스쳐 지나가고'
제 1시집 책과 함께
한 달이 하루같이 휙 – 갔습니다

모두 고맙습니다
감사했습니다

만삭의 몸

찬바람에 잎은 버리고
햇볕에 쩍 벌어진
갑옷 속에 너
석류

어느 시인은
너를 향해
바람이 지나는 아슬아슬한 길목에서

잘 익은 가을이
알알이 박혀 팍 터져버린
핏빛 수류탄이라 했고

또, 어느 시인은 철갑 옷에
숨은 야들야들한 여인 같다고 했다

난 만삭의 몸으로
순산을 기다리는 숭고한
어머니이다.라고
석류 너에게 말해본다

물들은 담쟁이-1

붉어서 눈이 부실 담벼락에
서 있는 담쟁이
가을볕 한 줌에 다색의 물을 들이며
위태위태 담벼락에서 졸고 있네

새봄엔 연한 잎 이끌고
꼬마 대장처럼 진두지휘하면서
위로 위로 행군을 실시하였지

연한 줄기로 3층 벽을 넘어 타며
젖 먹던 힘을 다해 본 그 힘은
씨름 선수같이 근육과 탄력이 붙었었지

물들은 담쟁이-2

그러면서 몸에 살을 찌우고
연한 잎에 색 꽃을 피우며
오직 앞만 보고 기어올라 본 마지막 꼭대기

어느덧 전봇대를 훌쩍 넘기고
까치집이 보일 때쯤
온몸에 수맥이 약해져
연한 새끼들을 거느릴 수가 없어지네

높이 올라온 나 두렵고 외롭네
곧 찬바람이 불어와
몸에 기력조차 없을 앞날이 보인다네

담쟁이,
끝의 높이에서
아래를 내려다보며 일생을 돌아보는
숨가쁜 그 시간,

삶의 허기

빈틈

꽃이 저절로 피지 않듯이
사람이 숨 쉬고 있는
틈에는

샘솟는 우물이 있고
달빛 그림자도 있어 쉬고 있지요
길 잃어 방황하는 별빛도 그곳에서 반짝입니다

잡초에서 꽃 피듯이
빈틈에는 사람들이 웅성거립니다
그것이 파고드는 묘한 힘

빈틈 있는 곳
빈허물이 주는 향기

빈틈이 있어야
모든 것들이 한잔 술에 기운이 나듯
적당하게 생존합니다

어그렁 더그렁

빈틈이 내어주는 자리,
강한 폭군의 광기도 없어집니다

사는 일

거리 제한으로 각진 마음 풀어
원안으로 넣어놓고

마음의 풍요로 둥글게 보듬어서
낯설다 싶다가도
가까이 가면 좋아지는

내 안의 그대를

정해진 궤도에서
돌게하고 싶구나

생각

천둥치며 빗방울이
거세진 날

마음속에 늘 계시며
한구석에 자리했던 어머니 생각

그 어머니 치마폭에
담았던 눈물을 쏟고 싶은 날

쏟아지는 빗방울처럼
며칠을 치맛자락 잡고
그리움들을 쏟아내고 싶은 시간들

옛 추억 그날들이
북받치는 이 가슴

툭툭 쏟아지는 거센 빗방울에
마음 담아
머뭇거리지 않는 나를 얹어본다

석양

초여름 저녁 무렵
좁다란 시골길 하나

허공의 바람을 타고
달구어진 노을 쭉 뻗어
길다란 콩밭 길 운동장을 달립니다

달리다가
한 잔 먹어 취한 것처럼
구불구불 휘어진 곳에서
등이 꺾인 풀을 베개 삼아

빨간 이불을 덮고
길게 누워 한잠 자고 있습니다

소박한 것들

미녀와 야수가 함께 수다를 떠는 것
우아한 카페에서 아이스아메리카노를 마시는 것
바다 위에 떠 있는 낙조를 보며
바보처럼 바보처럼
모래사장을 걸어보는 것

그리고
구걸하지 않고 내 마음을 만져주는 그대가 있는 것

시인의 말

흔들리는
삶의 기도 앞에 하얀 고백을 드려봅니다

잔잔히 생활 속에서 이탈된
음을 추스르며
마음속에 절제되었던 내면들을 들여다 봅니다

상대의 필요를 채워주는
따뜻함과 용서하는 것이 약해
그것을 채워야 할 것 같습니다

세련미 없어도
다듬지 않았어도
빈곤하지 않게

순백의 자존감을 지키도록
노력해 보아야겠습니다
그렇게
나 자신과의 약속을 해봅니다

어느 날

거울을 바라보다
주름진 내 얼굴 본다
나이가 들어감인가

딴사람이 된 얼굴
결코 미인이 아니네

살아보니 인생이 주는 공평함인가!

흐르는
세월은 덧셈만 아니고
뺄셈이라는 걸 알려주는

정직한 내 거울

억새 꽃

구월에 연한
여린 살 키우더니
초승달 비쳐지는
해 저문 들녘에서
흰 솜털 온몸에 가득 채운다

저렇게, 부는 바람에

차갑게 스쳐 지나가는
가을에 머물러
하얀
더 하얀
백발을 키운다

아메리카노 한 잔

가슴에 숨어 살고 있어
잡힐 듯 잡히지 않는
아픈 추억을
녹이는 커피 한 잔

나의 가슴속으로 들어와

아랫목 같은
온도로
불을 지피며

깊은 상처를 다독인다

은빛 억새

차갑게 놀다간 바람에
저문 가을을
거둬드리며

겨울 - 그 심장 속에서

설움을 토해내고
소멸의
아픔으로 서 있는 너

잃어버린 가을(이태원사건)

꽃잎 펴서 이제야 물들은 청춘이여
가을향기를 외면하며 밀쳐버린 꽃들이여
무언가 잘못된 그 길

별빛따라 가는 길이더냐
달님따라 가는 길이더냐

그 길이 무에 좋다고
웃지 않는 꽃이 되었나
아 – 그 밤
통곡의 외침

붉은 심장에
한줄기 물꼬를 트지못하고...
꽃봉오리 그대들이여

백오십 육
하양, 노랑 나비들이 되어

다 그리지 못한 수채화에 담아
훨훨 마음껏 날아 보려무나

부디...

입추

몸이 휘청거리는
불가마의 여름날

입추로
강렬한 햇볕은
뒷걸음질 치고

석류꽃 어루만지는
바람의 손길로

만삭된 여름이 녹아난다

찬바람에 마음 하나

덜컹거리는 감정이
흩어진 구름이 되어
감나무에 앉습니다

옷깃에 스며든
그리움
따뜻한 볕에다
마구 헝클어 놓고

나는
지금
샐리의 법칙같은

가을 부재를 찾고 있습니다

트윈폴리오의 노래

피아노 선율이
시간을 잃은 내 마음에
잠시 걸터앉네

달콤한 '트윈폴리오' '사랑의 기쁨' 노래가
행복을 찾은 음표들로

깊이 스며들어
내 조각난 마음에 평정을 가져다 놓네

피로한 하루

어렵고 재미없는
어제의 삶 한 다발을
오늘 햇볕에 말려본다

중간중간

사르르
사르르

햇볕에 녹여진 마음이
내 마음 밭에서
추락하는 결실을 막는다

따끈한 온돌방 아랫목처럼
꼬실꼬실해지면서

앞으로 나아갈 수 있을
뿌리를 담은
거대한 하루를 채우고 있다

하루가 지난다는 것은

바람이 내려앉은 길 위에
농축된 가을이 쌓입니다

하루하루 위태로운
나뭇잎새가 폭풍 같은 질주로 바닥에
몸을 내려놓습니다

못내 감춘 사랑의 이별처럼
기약 없이 해후할 님의 침묵처럼

그렇게
차가운 시선을 던지며
나를 지배한 가을

그 계절이
지금, 시들지 않은

나의 세월을 뒤지고 있습니다

해질녘 마음

낮 동안 그 무엇에
비할 수 없는
충족이었으리라

곁의 아름다운 이가 있어서

너와 함께 머문 순간이
아무도 질투할 수 없는
시간들을 담았고

서녘으로 넘는
저 노을도 붉음으로
우리 마음을
표현했으리라

붉다,
빨갛게

우리 다정함이
저 붉음으로 물들었을까!

꼭 쥔 손
행여, 놓는 일 없이
굳게

해바라기

어느 별을 담았는지
몸 안에 빈틈없이
알알을 숨겨놓고

뜨거워진
긴 꽃대에다
꽃씨방 순간순간 채워놓고

묵묵히 고개 숙여
알몸을 드러내지 않는
노랗게 품은 포만감을 숨긴다

늦가을
폭죽을 터트릴 것 같은
가득찬 자신감

과체중의 너를 만나본다

햇살 한 자락 붙잡고

잘 익은 가을처럼
내 마음을 물들인 감동

영화 속 한 장면같이 흐르는 피아노 OST처럼
나의 글 〈햇살 한 자락 붙잡고〉 시가 김수정님의
시낭송으로 휴일 아침에 도착했다

이 가을볕이 오롯이
나를 취하게 만들고
아름다운 빛으로 나를 비추는 듯했다

낭송 안에 많은 감성들이
알알이 맺힌 보석같이
감미로운 목소리로 보듬은 글들
가슴을 뜨겁게 나에게 전달된 날

예술창작에 흠뻑 도취되었던 날입니다

향수

담벼락에 걸쳐진
잘 익은 홍시 하나

뭉툭한
내 마음을 덜컹거린다

가슴에 품은 그리움으로
감당 못 할 걸음 안고서

붉게 물든
내 어릴 때 추억을 더듬거린다

허수아비

가슴엔 열 십자로 묶어진 지줏대 하나 달랑
속옷 한 벌 없이 누더기 옷 걸치고
마냥 서서 훠이 – 훠이

소나기 쏟아지는 날
잠깐 틈내 잠들고

햇빛 쏟아지는 날
시도 때도 없이 훠이, 훠이

기척 없이 날아든 참새 떼 허수아비 눈을 가린다

허수아비 왈,

분하다!
날 놀리는 저 참새들
내 삶도 결코 쉽지 않구나

홍시

여린 손 뻗던

시퍼렇게
젊은 날

너도
나처럼

무척이나

자존심 강하게
떨떠름했었지!

PART
04

겨울

WINTER

겨울 빗속을 거닐며

서릿발 얼음을
잠재우고 있는
밋밋하고 밍근한 비

빗물에 적셔져
꼼 - 지 - 락
움직일 모든 것에

뒤척이던
내 가슴이
두근거린다

따뜻함아!
멈추어라

아직은 겨울이다

※ 여수 베네치아호텔에 하룻밤 묵으며...

겨울을 어슬렁거리는 봄

낙엽을 물들이는 바람은
금풍이라 했고

찬 눈의 바람은
삭풍이라 했거늘...

진한 겨울 그 자리에
기온 이상으로

마음 다독이는
봄이 가득하다

고드름

양철 지붕 위에서 내 생을 바쳤다
휘몰아치는 강풍과 눈 사이에
엄동설한으로 나를 지탱했다

한기로 몰아치는 서릿발 추위가 내 밥이다
쏟아지는 하얀 눈이 내 국이다

창끝으로 된 유리알 몸

아래로 아래로 미끄럼타듯 내 달리면서
쩍쩍 얼어붙는 동절기에 웃을 수 있고
뜨거운 하절기에는 죽어사는…

내 생의 적은 저 햇볕이다

그래

그래
인생은 이렇게 사는 거야

나를,
나답게,
나처럼,

꽃밭에 나비가 되어

빛보다 빠른 세월
감칠맛 나게
시나 주물럭거리면서

가파른 상처도
애써 숨기면서

길

자주 길을 나섰다
막차 떠난 정거장에서 뒤돌아본다

걷다가 떨군 외로움 하나

길 위로 흥건히 적셔 들어
땀방울로 맺힌다

멈춤도,
밤새도록 그냥 서 있는 끝에서도
길이 된다는 걸 알았다

저 들리는듯한 빛의 광채

길이

인생 저만큼의 길이에
짧고, 길고,
아프고, 행복한
삶이 있죠

그 백지 위에 소설 같은 한 줄 사연들이
쓰여져 생존하고 있지요

길 위에 인문학이 사라져
메마름이 사회를 지배하는 듯한
우리의 삶이 존재하는가 싶어요

정답이 없는 삶
인생은 천태만상

그래도
매화꽃 피어오르는 봄입니다

낙화(동백꽃)

끝내 떨어졌다
그 붉음은 어찌하려구
피어서 한자락
떨어져 누운 채 붉은빛 한자락

꽃이 지는 순간에도
예뻤던 순간을 기억하기에
그 흔적에 언제 그랬냐는 듯 묻듯이
마지막 생이라도 여전히 이쁘다

넌 두 번의 생애를 살고 있었고
머무는 세상의 아름다움도 있었으니

낙화 되어 사는 세상
통곡하지 말아라

밟지 않은 눈이 하얗다

가벼운 어깨에
팽팽해진
또 다른 가치의 시간

그
겨울 속에서
와락, 보듬어보는

다홍색 무늬의
낯선 날들이 각을 세운다

세월의 발자국에

걸음걸음에 인생의 발자국을 담고

가슴 가득
청춘의 시간은
붉은 동백꽃처럼 펄펄 끓었다

한바탕 폭설이 지나간 것처럼
그 시간이 스치고 지나
비워진 그 자리엔

향기의 시간은 여운으로 남겨지고

이 계절에 꽃은
씨받이 몫을 다한 민들레처럼
하얗게, 하얗게

꽉 찬 인생의 끝자리인
남녀 그대들 머리에 백발로 피었구나!

한옥마을의 밤 야시장

눈발이 휘날리는 이곳

달빛이 남문성에
숨어 한 해의
끝 위에서 고고하게
버티고 있고

공허의 눈밭에서
하루를 담은 난
한참을 칭얼칭얼
길을 걸어간다

사랑의 온도를
높이는 남녀들은
잘 익힌 감성을
추억에 저장하고 있는 것 같았으며
그들의 뜨거움 속에 같이 걷고 있는
나는
부질없는 가슴의 온도만 높이고 있었다

인생노트

만학도로 대학 4년 한국어 문학과를 졸업한 시간이 내게는 행운이었다. 젊은 학생들보다 열배 백배를 노력하면서 새로운 도전과 열정을 배웠고 시창작 생활에 활력소가 되었다. 시간이 없어 밤잠을 설쳐가며 썼던 글들, 향기로운 꽃들에게 영감을 얻어 써 내려간 글들이 이제는 나를 위로하며 다가온다.

우보천리(牛步千里)라는 말이 있다. '우직한 소처럼 천천히 걸어서 천리를 간다'는 말이다. 나도 소의 걸음이지만 창작의 길을 한 발 한 발 끝까지 가기를 다짐해 본다.

돌이켜보니 제 주위에서 꽃처럼 밝게 웃어주던 가족들, 조용히 응원하던 지인들의 모습이 보인다. 지금도 변함없이 그 자리에서 꽃을 피워주고 있는 모든 분들에게 감사드린다.

특별히 40여 년 같은 곳을 바라봐 준 낭군님께도 감사의 말을 전한다.

_두 번째 시집을 내면서~ 시인 김병님